Escrito por **EVE BUNTING**

Ilustrado por **DAVID DIAZ**

Traducido al español por **GLORIA DE ARAGÓN ANDÚJAR**

NOCHE DE HUMO

LIBROS VIAJEROS

HARCOURT BRACE & COMPANY

San Diego   Nueva York   Londres

This is a translation of *Smoky Night*.
First Libros Viajeros edition 1999
Libros Viajeros is a registered trademark of Harcourt Brace & Company.

Library of Congress Cataloging-in-Publication Data
Bunting, Eve, 1928–
[Smoky Night. Spanish]
Noche de humo/escrito por Eve Bunting; ilustrado por David Diaz; traducido al
español por Gloria de Aragón Andújar.
p.   cm.
"Libros Viajeros."
Summary: When the Los Angeles riots break out in the streets of their neighbor-
hood, a young boy and his mother learn the value of getting along with others no
matter what their background or nationality.
ISBN 0-15-201946-4 Spanish pb
1. Riots—California—Los Angeles—Juvenile fiction. [1. Riots—California—Los
Angeles—Fiction. 2. Interpersonal relations—Fiction. 3. Neighborliness—
Fiction. 4. Spanish language materials.]
I. Diaz, David, ill. II. Andújar, Gloria. III. Title.
[PZ73.B785 1999]
[E]—dc21   98-15863

C E F D

Printed in Singapore

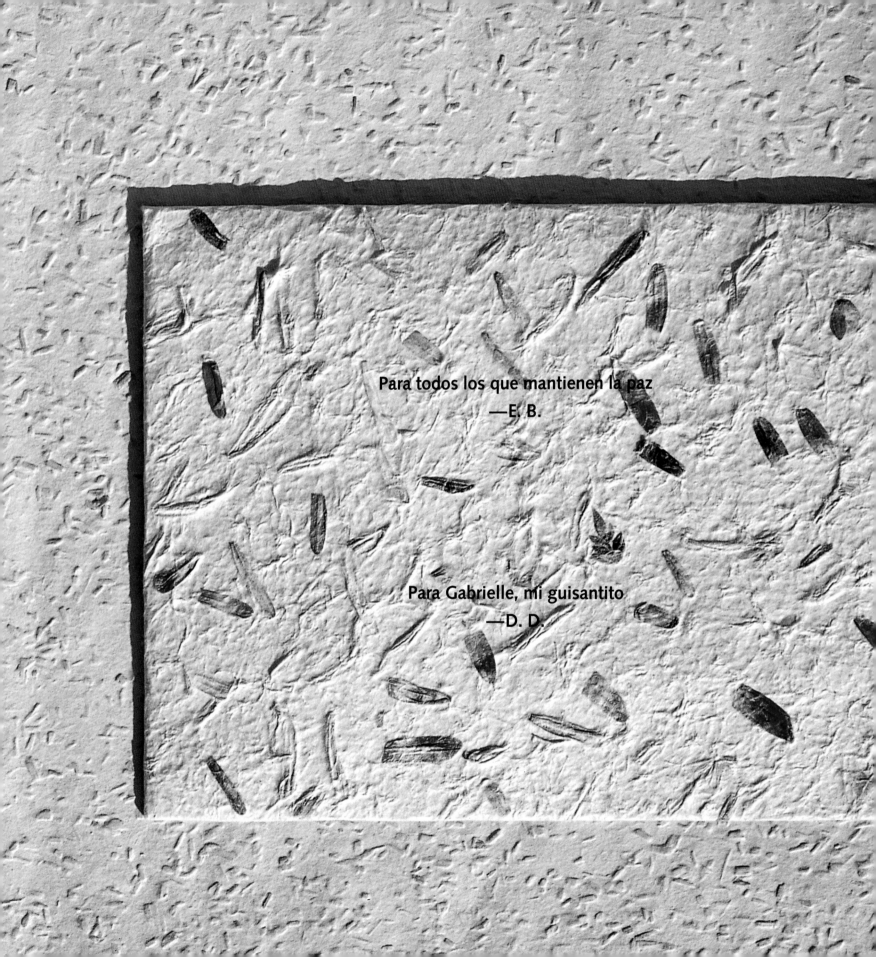

Para todos los que mantienen la paz
—E. B.

Para Gabrielle, mi guisantito
—D. D.

Mi mamá y yo nos paramos lejos de nuestra ventana y miramos hacia abajo. Tengo a mi gato Jazmín en brazos. No tenemos las luces encendidas aunque casi es de noche.

La gente en la calle está armando un disturbio.

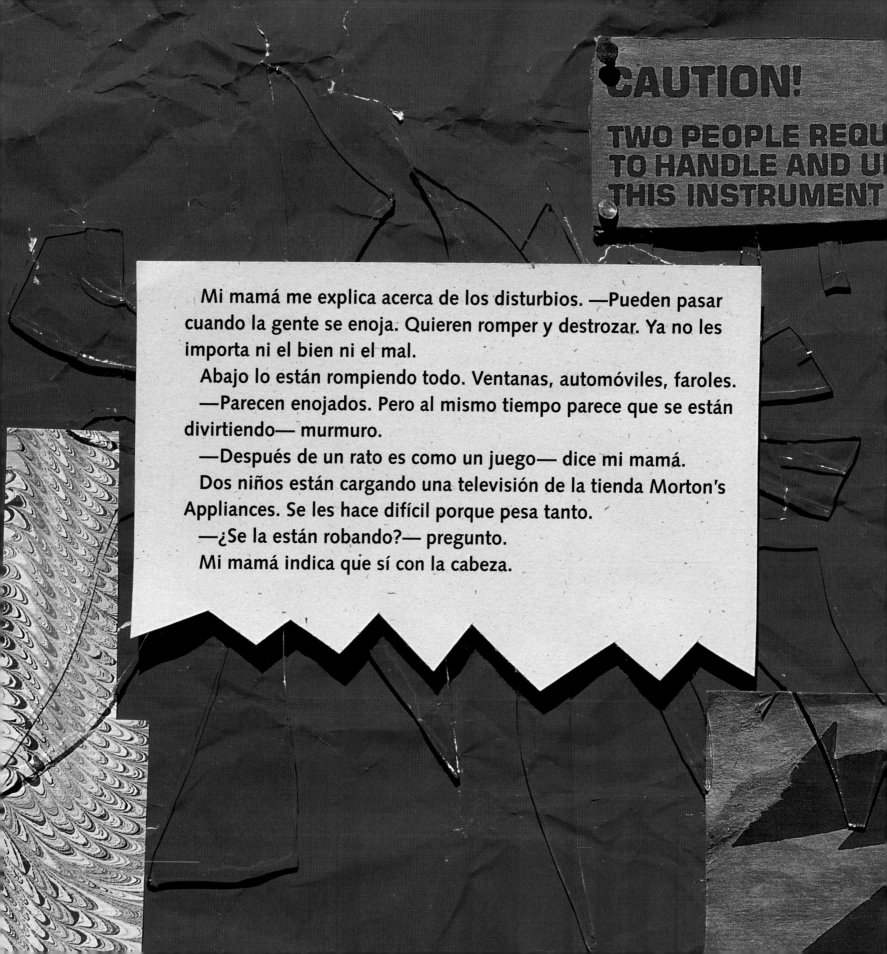

Mi mamá me explica acerca de los disturbios. —Pueden pasar cuando la gente se enoja. Quieren romper y destrozar. Ya no les importa ni el bien ni el mal.

Abajo lo están rompiendo todo. Ventanas, automóviles, faroles.

—Parecen enojados. Pero al mismo tiempo parece que se están divirtiendo— murmuro.

—Después de un rato es como un juego— dice mi mamá.

Dos niños están cargando una televisión de la tienda Morton's Appliances. Se les hace difícil porque pesa tanto.

—¿Se la están robando?— pregunto.

Mi mamá indica que sí con la cabeza.

Alguien rompe la vidriera de Fashion Shoes. Dos mujeres y un hombre se meten a través del vidrio roto. Tiran los zapatos como si fueran pelotas de fútbol. Nunca he oído a nadie reírse de la manera en que ellos se ríen.

El humo sube, ligero como la niebla. Veo el aleteo lejano de las llamas.

DO NOT TUMBLE OR DROP

Al otro lado de la calle la gente está arrastrando cajas de cereal y sacos de arroz de Kim's Market.

Mi mamá y yo nunca entramos en el mercado de la señora Kim aunque nos queda cerca. Mamá dice que es mejor comprarle a nuestra propia gente.

El gato de la señora Kim y mi gato siempre pelean y la señora Kim le grita a Jazmín con palabras que no entiendo. Ahora le está gritando de la misma forma a la gente que le está robando sus cosas.

No le hacen caso.

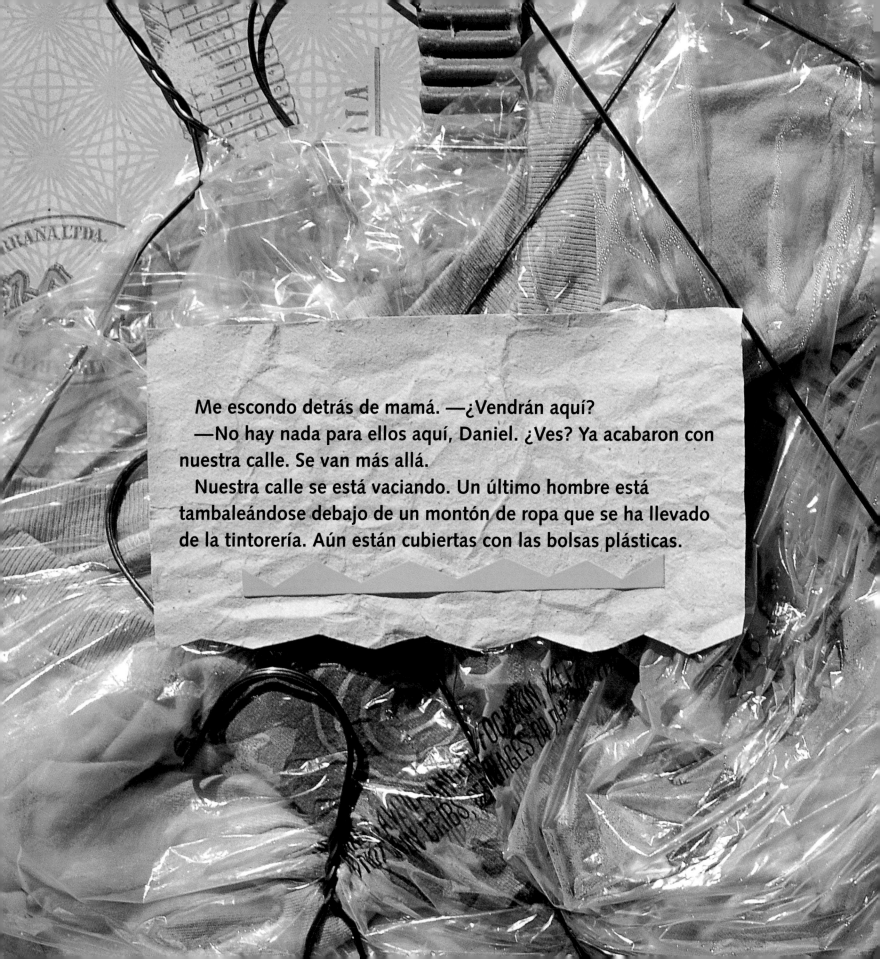

Me escondo detrás de mamá. —¿Vendrán aquí?

—No hay nada para ellos aquí, Daniel. ¿Ves? Ya acabaron con nuestra calle. Se van más allá.

Nuestra calle se está vaciando. Un último hombre está tambaleándose debajo de un montón de ropa que se ha llevado de la tintorería. Aún están cubiertas con las bolsas plásticas.

—Dormiremos juntos esta noche— me dice mamá.

Me hace lavar la cara y los dientes. Debo quitarme los zapatos pero dejarme la ropa puesta.

Me pone al lado de la pared. Abrazo a Jazmín.

—No puedo dormir— digo.

—¡Shh!— murmura mamá . —Cierra los ojos.

Los cierro.

Creo que duermo.

Inmediatamente después me está sacudiendo mamá.

—¡Apúrate, Daniel! ¡Levántate!

Hay un olor terrible a humo. Alguien está golpeando la puerta de nuestro apartamento. —¡Fuego! ¡Fuego!

De repente estoy despierto. —¿Dónde está Jazmín?— Corro al closet. A veces Jazmín duerme sobre una repisa.

Mi mamá me está gritando. —¡No podemos esperar! Jazmín ya se tiene que haber ido. Ponte los zapatos. ¡Apúrate!

Bajamos corriendo por las escaleras. Otros se apiñan contra nosotros. El humo me hace toser.

El señor Ramírez está delante de nosotros cargando a Lissa y al bebé, las dos están llorando.

—Esa gente son unos sinvergüenzas— grita mirando hacia atrás.

—¡Sinvergüenzas!

La señora Ramírez está delante de él. Lleva la jaula de su cotorra, Loco. Loco está aullando de mala manera.

—¿Señor Ramírez, ha visto a Jazmín?— grito.

Indica que no con la cabeza, pero creo que ni me oye.

—No toques el pasamanos— advierte. —Está caliente.

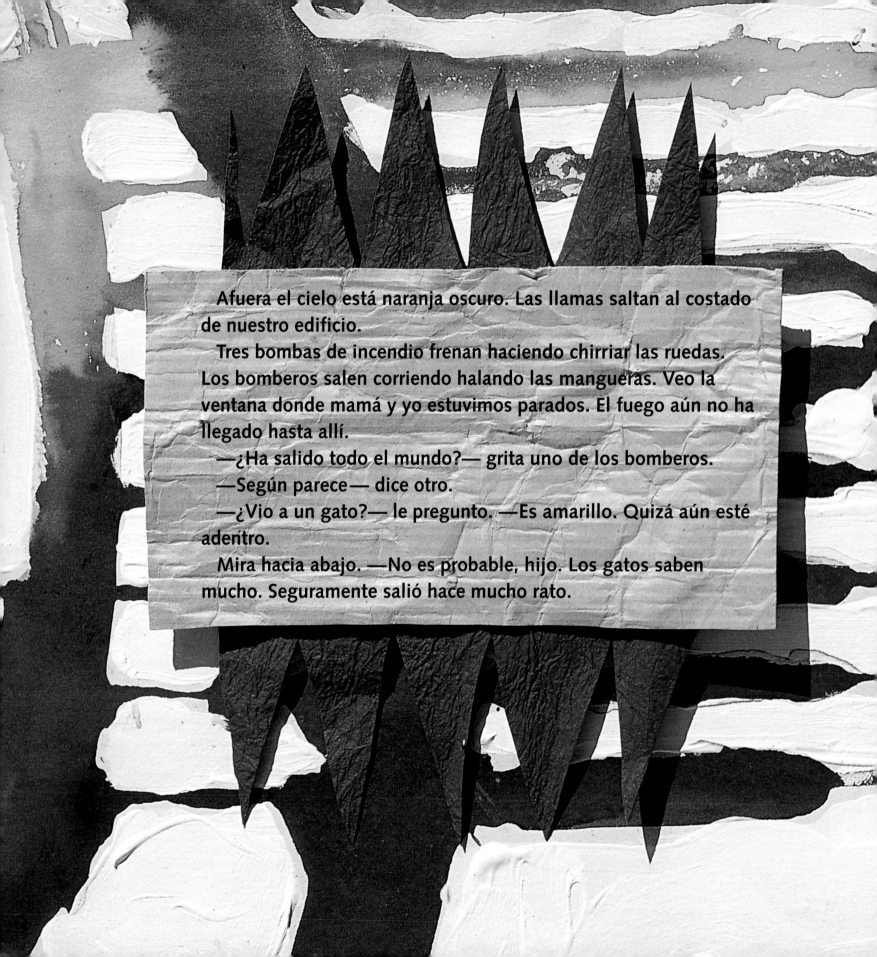

Afuera el cielo está naranja oscuro. Las llamas saltan al costado de nuestro edificio.

Tres bombas de incendio frenan haciendo chirriar las ruedas. Los bomberos salen corriendo halando las mangueras. Veo la ventana donde mamá y yo estuvimos parados. El fuego aún no ha llegado hasta allí.

—¿Ha salido todo el mundo?— grita uno de los bomberos.

—Según parece— dice otro.

—¿Vio a un gato?— le pregunto. —Es amarillo. Quizá aún esté adentro.

Mira hacia abajo. —No es probable, hijo. Los gatos saben mucho. Seguramente salió hace mucho rato.

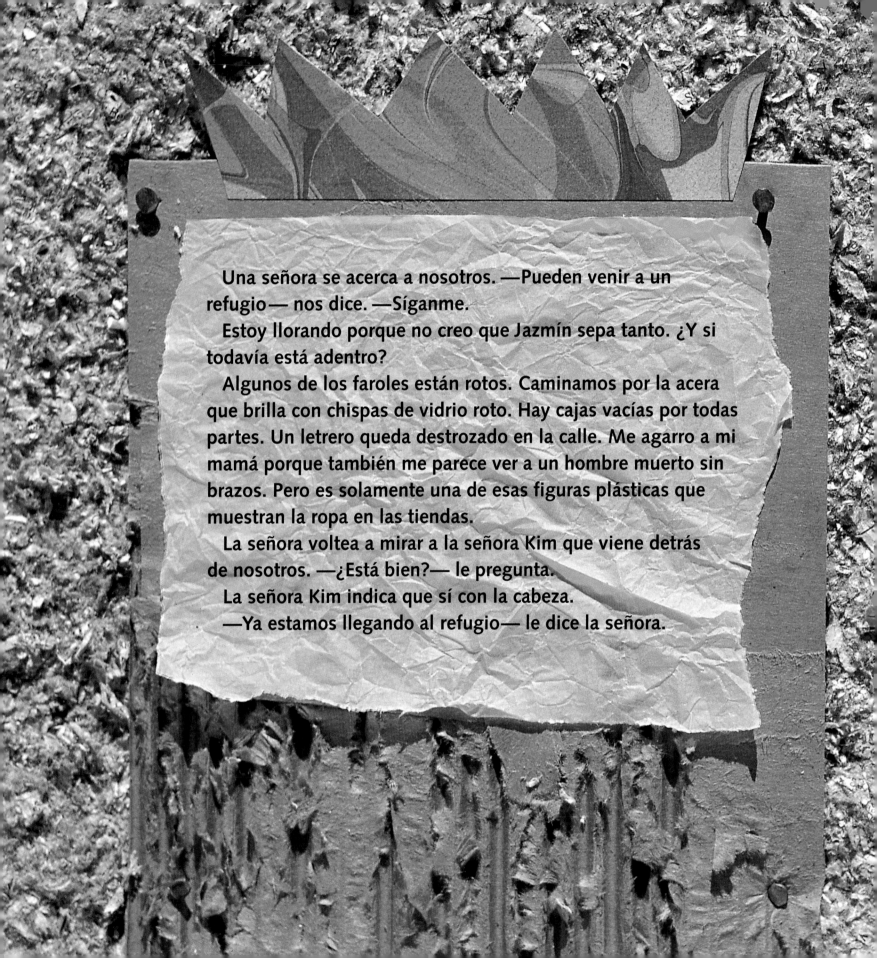

Una señora se acerca a nosotros. —Pueden venir a un refugio— nos dice. —Síganme.

Estoy llorando porque no creo que Jazmín sepa tanto. ¿Y si todavía está adentro?

Algunos de los faroles están rotos. Caminamos por la acera que brilla con chispas de vidrio roto. Hay cajas vacías por todas partes. Un letrero queda destrozado en la calle. Me agarro a mi mamá porque también me parece ver a un hombre muerto sin brazos. Pero es solamente una de esas figuras plásticas que muestran la ropa en las tiendas.

La señora voltea a mirar a la señora Kim que viene detrás de nosotros. —¿Está bien?— le pregunta.

La señora Kim indica que sí con la cabeza.

—Ya estamos llegando al refugio— le dice la señora.

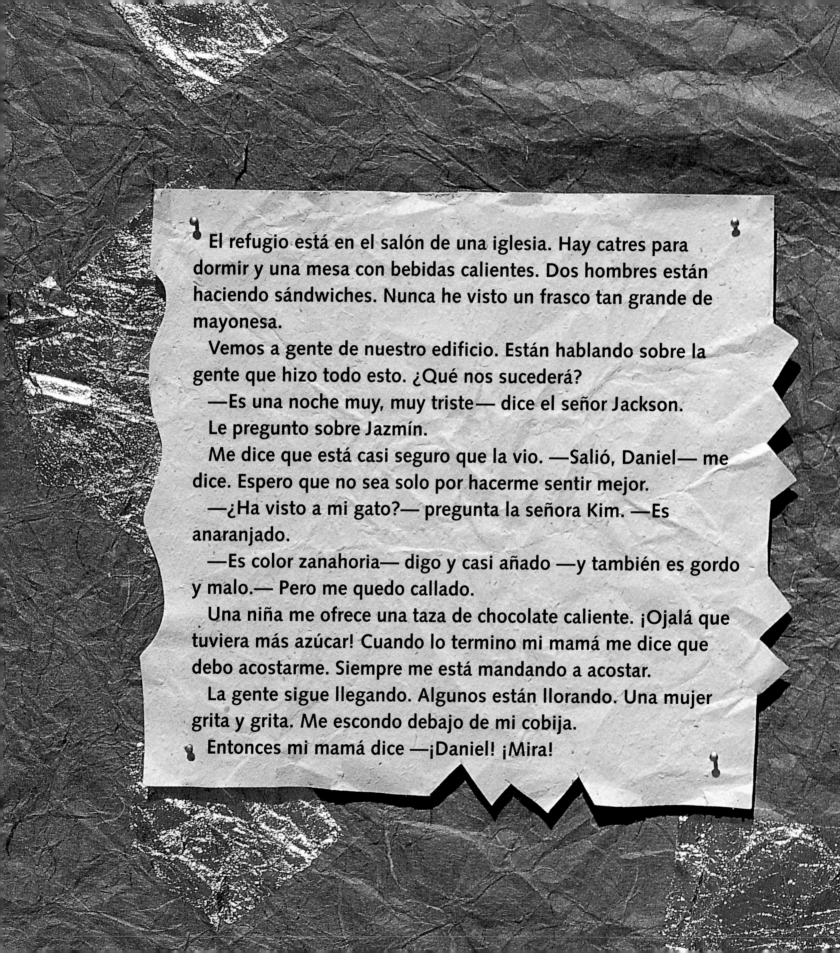

El refugio está en el salón de una iglesia. Hay catres para dormir y una mesa con bebidas calientes. Dos hombres están haciendo sándwiches. Nunca he visto un frasco tan grande de mayonesa.

Vemos a gente de nuestro edificio. Están hablando sobre la gente que hizo todo esto. ¿Qué nos sucederá?

—Es una noche muy, muy triste— dice el señor Jackson.

Le pregunto sobre Jazmín.

Me dice que está casi seguro que la vio. —Salió, Daniel— me dice. Espero que no sea solo por hacerme sentir mejor.

—¿Ha visto a mi gato?— pregunta la señora Kim. —Es anaranjado.

—Es color zanahoria— digo y casi añado —y también es gordo y malo.— Pero me quedo callado.

Una niña me ofrece una taza de chocolate caliente. ¡Ojalá que tuviera más azúcar! Cuando lo termino mi mamá me dice que debo acostarme. Siempre me está mandando a acostar.

La gente sigue llegando. Algunos están llorando. Una mujer grita y grita. Me escondo debajo de mi cobija.

Entonces mi mamá dice —¡Daniel! ¡Mira!

Y ahí está el bombero que estaba en nuestro edificio. Está parado en la entrada con la noche llena de humo detrás de él. Veo que está cargando un gato debajo de cada brazo. Así fue como el señor Ramírez cargó a Lissa y al bebé. Los gatos también están llorando.

—¡Jazmín!— La cobija se me ha trabado en el pie y la estoy arrastrando. —¡Ay gracias! ¡Gracias por encontrarla!

—El otro gato es mío.— La señora Kim agarra a su enorme gato malo, viejo y anaranjado y lo abraza. Yo estoy besando a Jazmín. Huele a humo.

—¿Dónde estaba?— le pregunto al bombero.

—Los dos estaban debajo de las escaleras, aullando y chillando— dice. Toma una taza de chocolate caliente. —¡Me cae tan bien este bombero! Quisiera tener un barril entero de azúcar para endulzarle el chocolate.

—¿Los gatos estaban juntos?— pregunta la señora Kim.

El bombero indica que sí. —Tenían tanto miedo que estaban cogidos de patas.

Me sonrío. —¡No puede ser!

—¿Qué le pasó a nuestro edificio?— pregunta el señor Ramírez.

—Ya apagamos el fuego. Podrán regresar dentro de unos días. Una señora trae un plato de leche. —Ven, gatito, ven— llama. Jazmín salta de mis brazos y la señora Kim también suelta a su gato color zanahoria. Los gatos toman del mismo plato. La leche no es muy sana para los gatos, pero no digo nada.

—¡Mira eso!— Mamá está maravillada. —Yo creía que esos dos no se llevaban bien.

—Probablemente no se conocían antes— explico. —Ahora sí se conocen.

Todos me miran y de repente hay un silencio.

—¿Dije algo malo?— le murmuro a mamá.

—No, Daniel.— Mamá está halándose los dedos como acostumbra hacer cuando se pone nerviosa. —Me llamo Gena— le dice a la señora Kim. —Quizá cuando todo se tranquilice usted y su gato puedan venir a compartir un plato de leche con nosotros.

Eso me parece gracioso, pero nadie se ríe.

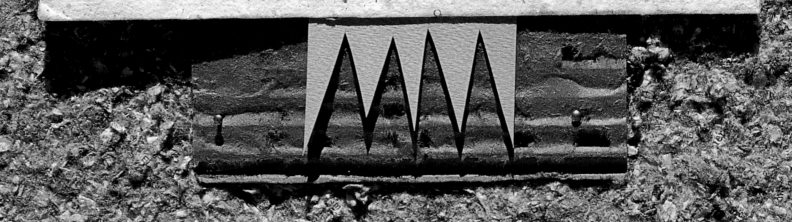

La señora Kim carga a su gato y lo acaricia. Fija la vista en la pared. Quizá no vaya a decir nada.

Pero entonces mira hacia mamá. —Gracias— dice. —Iremos. Mamá sonríe.

Me acerco para acariciar al enorme gato anaranjado de la señora Kim. —

—¿Lo oye, señora Kim?— pregunto. —¡Está ronroneando!

Los dibujos de este libro fueron hechos con pintura acrílica sobre papel
de acuarela D'Arches. Los fondos fueron compuestos y fotografiados por el ilustrador.
La tipografía del título fue dibujada a mano por el ilustrador.
La tipografía destacante es Kabel Ultra y fue compuesta por Central Graphics,
San Diego, California.
La tipografía del texto es Syntax Bold y fue compuesta por Thompson Type,
San Diego, California.
Separación de colores por Bright Arts, Ltd., Singapur
Impreso y encuadernado por Tien Wah Press, Singapur
Este libro fue impreso en papel de arte mate Arctic.
Supervisión de producción por Stanley Redfern y Jane Van Gelder
Diseño de David Diaz y Lydia D'moch